ENCYCLOPÉDIE
DES
NOUVEAUTÉS SCIENTIFIQUES ET LITTÉRAIRES
Paraissant tous les jeudis.

Le Sel

SES USAGES ; SES APPLICATIONS MODERNES

Par M. Lamay

Prix : 15 centimes.

J.-B. Briaud & Cie, Éditeurs, 34, rue du Commerce, Paris.
Reproduction interdite. — 1re année.

N° 3

ABONNEMENTS : 10 fr. par an

En préparation :

L'Aluminium.
L'Algérie.
L'Absinthe.
L'Assistance publique.
Les Aérostats.
L'Alcoolisme.
L'Acier.
L'Arménie.
L'Analgésie.
L'Acétylène.
L'Antisepsie.
L'Annam.
L'Alchimie.
Les Abeilles.
La Houille.
Les Allumettes.
Les Araignées.
Les Ballons.
La Banque de France.
Le Cœur.
Les Cyclones.
Le Cuir.
Les Cloches.
Le Chocolat.
Christophe Colomb.
Le Caoutchouc.
Le Café.
Le Corail.
Le Chat.
La Céramique.
Le Croup.
Le Charbon.

Le Choléra.
La Crète.
Le Diamant.
Le Diabète.
Les Égouts.
L'Eau.
L'Ergotisme.
L'Éléphant.
L'Évolution.
L'Épilepsie.
L'Éclairage.
L'Égypte.
Les Étoiles filantes.
Le Fer.
Les Fourmis.
Les Fourrures.
La Goutte.
Gay-Lussac.
La Galvanoplastie.
Les Glaciers.
Hoche.
L'Hystérie.
Les Impôts.
Jeanne d'Arc.
Le Juif à travers les âges.
La Lune.
Les Localisations cérébrales.
La Lèpre.
Le Libre Échange.
Lavoisier.
La Musique.
Madagascar.

Le Nickel.
La Neurasthénie.
Newton.
L'Or.
L'Obésité.
Le Paratonnerre.
La Phagocytose.
Le Pôle nord.
Les Perles.
La Photographie des couleurs.
Le Protectionnisme.
La Poste aux lettres.
Le Pétrole.
La Peste.
Les Rayons X.
Richelieu.
Le Siam.
Le Sang et ses maladies.
Les Sauterelles.
Le Sucre.
Stercora.
Le Transformisme.
Le Thé.
Le Téléphone.
Le Tabac.
La Théorie atomique.
La Tuberculose.
Les Tremblements de terre.
Le Télégraphe sans fil.
Les Tours.
Vasco de Gama.
La Viande, etc., etc.

OUVRAGES PARUS :

N° 1. — Le Pain de l'Avenir, par Ch. Thiabaud, ingénieur.

N° 2. — L'Alsace-Lorraine, par C. Clément.

LE SEL

Ses Usages. — Ses Applications modernes

Par M. LAMAY

I. HISTORIQUE

Le sel est ce solide blanc, sans odeur, d'une saveur particulière et bien connue, universellement employé comme condiment. Tantôt il affecte la forme de petits cristaux cubiques, très brillants : c'est le *sel de cuisine;* tantôt c'est une poudre fine presque impalpable ; nous l'appelons alors *sel fin, sel de table.* Les chimistes, ayant reconnu à l'analyse que toutes les variétés de sel étaient de composition identique, les ont rangées sous le nom barbare de *chlorure de sodium*, qu'ils écrivent NaCl dans leur nomenclature.

L'étymologie du mot *sel* (*sal* en latin, *salt* en anglais, *Salz* en allemand) est sujette à discussions; c'est un peu, d'ailleurs, le sort de toutes les étymologies. Beaucoup le veulent faire dériver du sanscrit *sala, salila*, tandis que d'autres, et c'est le plus grand nombre, tiennent à la racine grecque ἅλς. D'après eux, le mot *als*, mer, a été l'ancêtre de tous les noms que les peuples ont donné au chlorure de sodium.

Il est aussi difficile qu'intéressant de savoir comment les hommes ont découvert le sel, ce qui leur a donné l'idée de l'employer pour assaisonner leurs mets; mais la tradition est muette sur ces points et l'on se perd dans les limbes préhistoriques dès qu'on veut aller chercher plus loin que dans les récits bibliques, plus loin que dans l'Odyssée.

Bien que connu dès la plus haute antiquité chez certains peuples civilisés, le sel a dû être tout à fait inconnu chez d'autres, puisque Homère, dans son *Odyssée* (XI, 123), parle d'habitants n'ayant aucune idée de la précieuse substance. On comprend aisément que chez les hommes qui ne vivent que de laitage, de viandes crues ou rôties, aliments dans lesquels le chlorure de sodium est contenu à l'état naturel, le besoin de cet assaisonnement ne se soit pas fait sentir de façon aussi rigoureuse que chez ceux qui mélangent à leur nourriture des légumes et des céréales. Ceci nous explique pourquoi les tribus nomades de Numidie, au temps de Salluste, ne se servaient pas de sel, pas plus que de nos jours n'en usent les Bédouins de Hadramant. « *Et neque salem neque alia gulæ irritamenta quærebant*[1], » nous dit Salluste. Dans quelques parties de l'Amérique centrale et de l'Inde, notamment chez les Todas, le sel fut d'importation européenne. Il existe encore, paraît-il, dans le centre de l'Afrique, des peuplades sauvages chez lesquelles cette substance est considérée comme un luxe dévolu aux riches.

Dès que le sel fut connu des hommes, il ne tarda pas à compter parmi les choses indispensables à la vie. Les peuples éloignés des côtes le faisaient venir à grands frais des régions plus favorisées. C'est même à ce sujet que plusieurs archéologues éminents ont assigné au sel, à l'humble sel de cuisine, un rôle important dans l'histoire de la civilisation, car, selon toutes probabilités, les routes les plus anciennes ont été percées par les caravanes faisant le trafic du sel. La *Via Salaria*, en Italie, était sillonnée de chariots conduisant dans l'intérieur des terres le sel des marais salants d'Ostie. Hérodote, dans ses œuvres (IV, 181), parle d'une route conduisant aux mines de sel de Lybie et spécialement affectée à ce commerce. Quelle que soit l'opinion émise à

1. Et ils ne recherchaient ni le sel ni aucun autre stimulant du palais.

ce sujet, on ne peut en tout cas nier, ainsi que le faisait justement remarquer un auteur anglais, « que le sel et l'encens, les deux substances primordiales du monde ancien, n'aient joué un rôle important dans tout ce qu'il nous est donné de connaître du commerce primitif et des grandes routes percées à cet effet ».

Les auteurs de l'antiquité mentionnent dans leurs ouvrages les nombreux moyens auxquels les habitants primitifs de la Gaule et de la Germanie avaient recours pour se procurer cet assaisonnement. D'après Aristote (Met. II, p. 459), les Ombres brûlaient des algues et en recueillaient précieusement les cendres; d'après Tacite (Ann. XIII, p. 57), les Germains jetaient sur des charbons ardents des plantes retirées de marais saumâtres. Pline, dans son histoire naturelle (XXXI, 82), parle des mêmes procédés qu'il attribue aux habitants de la Gaule et de l'Espagne.

Dans les tout premiers âges, la faveur croissante du sel, les difficultés qu'on avait à l'obtenir le firent entourer de mythes soigneusement entretenus par les prêtres, tantôt pour en réprimer l'abus, tantôt pour exciter les hommes à en activer la production. Partout il est l'emblème de l'éternité, de l'immortalité, de l'incorruptibilité et le merveilleux l'entoure à travers les siècles. Pour Horace, il est d'origine divine. Tous les auteurs de l'antiquité lui accordent d'ailleurs les dons les plus superbes. Ici il est considéré comme un présent des dieux; chez d'anciennes tribus de la Germanie, on croyait que l'existence d'un filon sous terre sanctifiait le lieu et le rendait propice à la prière; ailleurs il est l'agent de la désolation, de la stérilité, du malheur, chez les Hébreux, par exemple, qui semaient du sel sur les villes conquises et préalablement rasées. N'est-ce pas aussi chez les Hébreux qu'une femme fut changée en statue de sel pour avoir désobéi à la volonté céleste? Les prêtres égyptiens faisaient naître du flot amer Nephthys, déesse de la stérilité.

La plupart des peuples anciens faisaient entrer le sel dans les sacrifices; on en répandait sur la tête des victimes destinées à l'holocauste; de nos jours encore les catholiques aspergent d'eau bénite, qui n'est autre chose que de l'eau salée, la tête des nouveau-nés qu'ils consacrent à Jésus-Christ. A Rome surtout, il jouait un rôle prépondérant dans les mille cérémonies de la vie familiale. La salière de famille (*paternum salinum*), dit Pline, était religieusement transmise de génération en génération; c'était honorer un convive que de la placer devant lui. Dans les mariages, il était d'usage d'offrir à la jeune épousée un gâteau de sel (*molsa sala*) pétri par les vestales. Pour Pline, le sel est une panacée universelle, aussi bien contre la morsure des crocodiles que contre les migraines, l'hydropisie, les excroissances de chair. Chez les Orientaux, il est le symbole de l'amitié : « Nous avons mangé le sel, » disent les Arabes dans leur langue imagée, pour témoigner d'une affection solide et à l'épreuve de la trahison. Les Grecs et les Romains ont fait du mot sel le synonyme de finesse piquante; parmi les premiers, les Athéniens étaient réputés pour la grâce mordante de l'esprit, d'où l'expression *sel attique* qui s'est conservée de nos jours. On cite toujours à ce propos le joli passage où Catulle compare deux femmes, Quinctia et Lesbie : « Quinctia est belle aux yeux du vulgaire; aux miens, elle est blanche, grande et droite, je reconnais ces détails, mais en somme, qu'elle soit belle, non. Tout ce grand corps est sans grâce, sans le moindre *grain de sel*. C'est Lesbie qui est belle à mes yeux; car Lesbie est toute belle et a pris pour elle seule tous les genres de beauté. »

Les chefs romains donnaient à leurs soldats des rations de sel représentant chacune une somme d'argent qui leur était payée à certaines époques fixes. Ces rations étaient appelées *salarium*, d'où nous avons fait salaire; cet usage, si bizarre qu'il paraisse, n'est pas exclusif aux Romains, car dans maints pays, tels que l'Abyssinie, le Thibet, le centre de l'Afrique, on s'est servi de gâteaux de sel comme monnaie courante, ainsi que l'atteste Marco Polo (Liv. II, p. 48).

Dans une traduction anglaise des œuvres précédemment citées, le colonel Yule traite de l'importance attribuée au sel dans le système financier des empereurs de la Mongolie.

Cet auteur affirme qu'au milieu de ce siècle, cette

substance servait encore comme moyen d'échange sur les marchés des plateaux de l'Himalaya.

Il est bien curieux de constater combien les anciennes superstitions transmises de père en fils sont profondément enracinées dans le cœur des populations villageoises, car à l'aurore du XXe siècle, en plein règne de la science et des rayons X, le sel est encore prophylactique du mauvais œil dans nombre de contrées de l'Europe. Dans les pays de pâturages, un bon éleveur, fidèle à la tradition, ne manque pas d'en porter le 1er avril aux quatre coins de ses prés. Afin de préserver les bestiaux contre ces sortilèges que quelques bergers errants sont si experts à donner, on remplit une tasse de sel que l'on promène trois fois autour du bétail, en commençant du côté du soleil levant, et en continuant suivant le cours de l'astre. A chaque tour l'on prononce les paroles suivantes : *Herego gomet hunc queridans sesserant deliberant ami.* En Norwège, comme autrefois en Grèce, on frotte de sel les nouveau-nés. Dans quelques contrées de l'Allemagne, une bonne ménagère venant de faire sa provision de sel en jette une pincée aux quatre coins de la pièce principale de la maison.

En Grèce, en Italie, dans le Midi de la France, les personnes superstitieuses portent du gros sel marin enfermé dans deux sachets à la façon d'un scapulaire; c'est le moyen le plus sûr de faire échouer les maléfices des sorcières.

Enfin il est toujours sage, disent les mages modernes, de jeter une pincée de sel derrière toute personne inconnue qui franchit pour la première fois le seuil de votre porte; procédé très simple dans une maison de village où la salière est toujours à portée de la main, mais beaucoup plus compliqué dans nos habitations modernes.

On pourrait énumérer à l'infini les superstitieuses croyances attachées à cette substance qui nous semble si commune de nos jours et qui était autrefois si précieuse. Et pourtant les blâme qui voudra; mais toutes ces superstitions, en tant qu'elles ne sont ni barbares ni stupides, portent en elles un écho des siècles passés, un peu de cette charmante naïveté que la science a chassée devant elle; cela suffit pour nous rendre indulgent à leur égard.

II. PROPRIÉTÉS PHYSIQUES ET CHIMIQUES

Propriétés physiques. — Tout le monde connaît l'aspect et la saveur du chlorure de sodium, mais il est peut-être peu de personnes qui se soient amusées à examiner avec attention quelques grains de gros sel de cuisine ; cet examen leur aurait montré de petits cristaux *cubiques*, accolés les uns aux autres de façon que l'ensemble présente la forme d'une pyramide quadrangulaire creuse, de contexture lamelleuse, et s'émiettant par écailles. Les industriels donnent le nom de *sel en écailles* à ces cristaux que les chimistes appellent *trémies*.

Ce mode de cristallisation est particulier au sel cristallisé par évaporation, car un bloc de sel gemme n'a pas la même apparence ; sa structure intérieure fibreuse, très égale, à faces planes et parallèles, permet de le *cliver* suivant trois plans rectangulaires. Il est inutile d'insister sur ces détails de cristallisation ; mais il nous semble intéressant de dire quelques mots sur la formation des *trémies ;* c'est la forme sous laquelle il nous est le plus généralement donné de voir le sel, car on y ramène, ainsi que nous le dirons plus tard, même le sel gemme qui n'est pas assez pur pour être livré au commerce immédiatement après l'extraction.

Formation des trémies. — Tout cristal venant à se former dans un liquide saturé et soumis à l'évaporation devient plus dense ; il tend à tomber, mais la capillarité, antagoniste de l'action de la pesanteur, peut le maintenir en suspension dans la masse liquide à une certaine hauteur du niveau, hauteur d'ailleurs variable et soumise à diverses conditions de milieu. Ce petit cristal cubique sera le sommet de

Formation des trémies.

la pyramide, de la *trémie*. Or on sait que la présence de cristaux dans un liquide saturé facilite la cristallisation; d'autres trémies viendront bientôt s'accoler à la première sur l'arête extérieure, de façon à l'encadrer. Une succession de corps cristallins viennent ainsi s'ajouter aux premiers, affectant toujours la même disposition, c'est-à-dire formant un cadre autour d'eux. La pyramide sera d'autant plus grosse que les trémies seront plus nombreuses, le nombre de celles-ci dépendant d'ailleurs de la tranquillité de la surface liquide.

La plupart des substances en dissolution dans une masse fluente se combinent au liquide environnant; il n'en est pas ainsi pour le sel qui est recueilli presque *anhydre*, ne renfermant qu'une quantité relativement minime d'eau dite *de cristallisation*, encore cette eau n'est-elle qu'interposée dans les interstices des trémies au fur et à mesure de leur formation. C'est la présence de cette eau qui fait crépiter les cristaux de sel lorsqu'on les jette sur des charbons ardents, son énorme dilatation, sous l'action de la chaleur, faisant voler le cristal en éclats.

Le sel cristallise ordinairement à 12° ou 15° au-dessus de 0. Une dissolution saline saturée soumise à l'évaporation à une température supérieure à 20° ou 25° cristallise en un mode différent du précédent : ce sont des plaques hexagonales, que l'on recueille au fond du vase; elles ne peuvent dailleurs pas se conserver et se détruisent rapidement au sein même du liquide où elles se sont formées. Ces cristaux contiennent 4 atomes d'eau pour un atome de sel, les chimistes les représentent par la formule : $NaCl + 4H^2O$.

Nous venons de dire qu'un bloc de sel gemme ne présente pas la même apparence que le sel marin; son origine est peut-être différente, mais, même en attribuant à ces deux variétés une origine commune, on conçoit que les perturbations du sol aient pu amener une modification dans la structure des masses cristallines. Quoi qu'il en soit, la nature intime est sensiblement la même.

Souvent le sel gemme offre des colorations très diverses dues à la présence d'autres substances minérales qui lui sont mélangées. Les oxydes de cuivre le colorent en bleu, les oxydes de fer et de cobalt en rouge; quelquefois il est tout à fait transparent comme celui des mines de Wieliczka. Le sel le plus transparent laisse passer la lumière à un moindre degré que l'eau; par contre il absorbe très peu ou même pas du tout les rayons calorifiques. Un bloc de ce minéral soumis à l'expérience à l'aide de l'appareil Melloni a laissé passer les 92/100 de la chaleur émise, les 8/100 restant ayant été réfléchis par le cristal vers la source de chaleur.

Une description détaillée de l'appareil Melloni serait peut-être un peu déplacée ici, disons seulement qu'il se compose, en principe, d'une source de chaleur fournie soit par une lampe, soit par une pile thermo-électrique, d'un écran métallique situé parallèlement à la source et d'un support placé entre les deux et sur lequel on place la substance à expérimenter. Celle-ci reçoit les rayons calorifiques émis par la source, en absorbe une partie et transmet le reste à un thermomètre permettant d'évaluer la portion transmise.

Le sel fond au rouge, à 772° environ, il se volatilise au rouge blange blanc en fumées blanches.

Il a une grande affinité pour l'eau; la présence du chlorure de magnésium, qui est beaucoup plus hygrométrique que le chlorure de sodium pur, le rend plus ou moins déliquescent. Les ménagères ne manquent pas de prédire la pluie lorsque le sel est humide; celui-ci est-il au contraire sec et dur, le beau temps est annoncé.

Il est soluble dans l'eau et sa solubilité paraît peu influencée par la température, car, d'après Karsten, 100 grammes d'eau dissolvent environ 36 grammes de sel à 0°, 40 grammes à 100°; d'autre part, cette solubilité peut être modifiée et, le plus généralement, diminuée par le mélange avec d'autres substances. L'alcool pur ne dissout pas le sel, et cette propriété peut servir à déceler la fraude.

La densité du sel a été évaluée à 2,15 par Kopp; à 2,145 par Buignet, tandis que Karsten, à qui l'on doit d'importantes études sur le chlorure de sodium, a donné le nombre 2,078.

Le sel détermine la fusion de la glace et cette propriété bien connue a été appliquée dans l'industrie à la fabrication de la glace artificielle à l'aide de mélanges dits réfrigérants.

La confection de ces mélanges repose sur ce principe : la glace, pour se fondre, exige un calorique qu'elle emprunte aux corps environnants; aussi les glaciers, pour conserver leurs pâtisseries glacées, ne manquent pas d'entourer celles-ci d'une épaisse couche de glace pilée avec du sel : le sel détermine la fusion de la glace qui emprunte de la chaleur au corps qui l'entoure, c'est-à-dire à la pâtisserie. Depuis quelques années on essaie d'utiliser cette propriété du sel pour débarrasser de la neige les rues de Paris. Des hommes jettent sur les chaussées, sur les trottoirs de grosses poignées d'un sel gris, sorte de rebut des magasins et des usines de raffinage ; mais cette innovation n'a pas été accueillie avec l'empressement qu'on attendait, car, outre que la neige fondue forme un mélange boueux des plus désagréables, ce moyen offre le désagrément d'abaisser considérablement la température du sol, et les piétons pataugent dans une boue à 20° au-dessous de 0. On attribue encore à l'influence du sel le dépérissement des arbres de nos boulevarts, méfait qui suffira sans doute pour faire abandonner ce système de nettoyage.

Malgré les limites étroites de cet opuscule, nous ne pouvons passer sous silence les relations intimes du sel mélangé à l'eau. Il augmente naturellement la densité de celle-ci, ainsi qu'il est aisé de le voir à l'aide de l'expérience de l'œuf plongé successivement dans trois eaux diversement salées et qui s'élève ou s'abaisse suivant la quantité de sel dissoute. C'est une des premières expériences qu'on nous a montrées au collège et nous n'aurions garde de l'oublier ; c'est d'ailleurs le principe même de cette expérience qu'on applique dans l'emploi de l'aréomètre, dit pèse-sel de Baumé, et servant à mesurer la densité des liquides alcalins.

La présence du sel dissous dans l'eau élève le point d'ébullition du liquide et abaisse au contraire le point de congélation; c'est ainsi qu'une dissolution de 29,5 parties de sel dans 100 parties d'eau exposée au froid abaissera la température de congélation de la masse saline saturée, tandis que cette même masse liquide chauffée ne bout qu'à 109°,5 environ. Cette dernière propriété est appliquée en chirurgie pour aseptiser les pièces de pansement, et dans l'industrie de la fabrication des conserves alimentaires. Les matières à préserver sont mises en boîtes et chauffées dans des bains-marie d'eau salée ; elles sont ainsi soumises à une température supérieure à 100°, ce qui est une garantie de suppression non seulement des microbes qui ne résistent pas à 100°, mais encore de leurs spores qui exigent, pour leur destruction, environ 110°.

Propriétés chimiques. — Le sel est formé de deux corps simples ou considérés jusqu'à présent comme tels : le *chlore* et le *sodium*.

Le *chlore* est gazeux, jaune vert et plus lourd que l'eau. Il attaque tous les métaux, même les plus résistants, même l'or. Le *sodium*, au contraire, est un métal offrant beaucoup d'analogie avec l'argent quant à l'aspect, moins dense que celui-ci puisque sa densité, inférieure à celle de l'eau, n'est que 0,97. Extrêmement fusible, il se liquéfie à 95°,5. Comme il est très altérable à l'air, surtout à l'air humide, on est obligé pour le garder brillant de le conserver dans du pétrole ou de l'huile de naphte ; enfin il brûle avec une flamme jaune caractéristique. N'est-il pas étrange que la réunion intime de ces deux corps donne naissance à un composé aussi dissemblable à l'un qu'à l'autre?

Le sel étant indécomposable par la chaleur, on n'a pas pu en faire l'analyse avant la découverte des actions chimiques de l'électricité, mais s'il avait pu jusqu'alors résister aux plus hautes températures, une forte pile de Bunsen a eu vite raison de cette résistance. Du sel, fondu dans un creuset communiquant à l'aide de deux charbons avec les pôles d'une pile, est soumis à l'action d'un courant. Le chlore se dépose à l'électrode positive, tandis que le sodium, encore liquide, se dépose à l'électrode négative sous forme de globules brillants, brûlant avec la flamme jaune qui lui est particulière.

La synthèse du sel est des plus simples, elle consiste tremper dans un bocal rempli de chlore un morceau de sodium enchâssé dans une capsule métallique. Le métal s'allume rapidement et brûle avec un dégagement de fumée qui remplit le vase. Dès que la combustion est achevée, le bocal, que la présence du chlore teintait de vert, redevient incolore, transparent, et l'on remarque une poussière blanche qui s'est déposée au fond. C'est le sel.

Sur 100 parties de sel, on trouve 60,7 parties de chlore et 39,3 parties environ de sodium.

Il est bien entendu que les propriétés physiques et chimiques dont nous avons parlé jusqu'ici sont celles du sel chimiquement pur ; nous verrons plus tard que le sel naturel est toujours mélangé de substances très diverses.

III. ÉTAT NATUREL. SOURCES ET LACS SALÉS

Il est peu de substances qui soient aussi répandues que le sel, il existe partout ; dans l'organisme animal, dans les végétaux, dans les mille poussières de l'atmosphère. En quantités plus considérables on le trouve sous deux états différents : tantôt en couches profondes dans le sein de la terre, c'est le *sel gemme ;* tantôt en dissolution dans les eaux de la mer ; c'est le *sel marin.* Souvent des cours d'eaux ayant traversé des gisements de sel se sont imprégnés de chlorure de sodium ; ils constituent ce que l'on nomme les *sources salées.* Toutes les eaux contiennent plus ou moins de matières minérales dissoutes dans leur masse : un mètre cube d'eau de rivière, par exemple, a abandonné à l'analyse 10 grammes de sel, tandis que les eaux de sources paraissent notablement plus chargées.

Un grand nombre de géologues s'accordent à donner une origine commune au sel gemme et au sel marin. Selon eux, la plupart des gisements salins seraient dus à l'évaporation de mers intérieures, de lacs salés des premiers âges de l'époque géologique. Beaucoup d'observations portent à admettre cette hypothèse ; tout d'abord, dans les deux états naturels du chlorure de sodium, on retrouve des composés auxiliaires qui sont sensiblement les mêmes ; d'autre part, la présence constante de cristaux de sélénite indique une cristallisation par évaporation, car il est, en effet, impossible de les faire naître de phénomènes caloriques; enfin, on trouve, dans les mines de sel gemme, des fossiles, des algues et des coquillages marins. Le golfe de Kara Boghez, dans la mer Caspienne, peut donner une légère idée de la formation probable d'un banc de sel gemme. Ce golfe, large, évasé, enchâssé dans les terres, joue vis-à-vis de la mer le rôle d'un véritable marais salant. Les affluents peu nombreux qui viennent s'y déverser atténuant fort peu la salure de la mer Caspienne, ces eaux sont ainsi presque toujours saturées de chlorure de sodium, et celui-ci, se déposant au fond de l'anse, le flot l'apporte sur le rivage où il s'accumule. Vienne un cataclysme dans les couches terrestres, un remous, et, dans un temps qu'il est impossible de prévoir, il est légitime de penser que ces rives deviendront un banc de sel minéral.

Sel marin. — « Si tout le sel de l'Océan était répandu à la surface de la terre, il y formerait une couche de plus de 200 mètres d'épaisseur. » Sans l'avoir vérifié nous-même nous admettrons ce calcul sans réticence; il est bien certain que l'eau, qui recouvre les 3/4 de la surface terrestre, atteint parfois 7 à 8 kilomètres d'épaisseur, et le chlorure de sodium y entre dans la proportion de 3 0/0 du poids de l'eau. Si riches que puissent paraître les mines salifères leur teneur ne saurait être comparée à celle des mers.

La densité des eaux salées est extrêmement variable. Tandis qu'un mètre cube d'eau prise au milieu de la Méditerranée pèse 1,028 kilogrammes, le même volume pris dans l'océan Atlantique pèse 1,026; les eaux de la mer Caspienne ont une densité de 1,005, celles de la mer Morte 1,099, celles de la mer Rouge 1,039. Le chlorure de sodium existe à l'état de dissolution dans les océans accompagnés de divers sels, tels que des chlorures de potassium, de magnésium, de calcium. On trouve aussi des sulfates de magnésie, de chaux, de soude, du carbonate de chaux, etc. La mer Morte est extrêmement riche en bromure de magnésium et en bromure de sodium. La quantité de ces diverses substances salines varie avec les mers.

Nous donnons ici un petit aperçu de la composition des eaux qui baignent la France; l'analyse de la Méditerranée est due à Usiglio, celle de la Manche à Figuier, celle de l'Atlantique à Murray.

ANALYSE DES EAUX RAPPORTÉE A 1,000 GRAMMES D'EAU			
SUBSTANCES	MÉDITERRANÉE	MANCHE	ATLANTIQUE
Chlorure de sodium.......	29gr,424	25gr,704	25gr,180
— de potassium....	0gr,505	0gr,094	»
— de magnésium...	3gr,219	2gr,905	2gr,940
— de calcium......	6gr,080	»	»
Bromure de sodium.......	0gr,556	0gr,103	»
— de magnésium...	»	0gr,030	»
Sulfate de magnésie......	2gr,477	2gr,462	1gr,750
— de chaux..........	1gr,357	1gr,210	1gr,600
— de soude..........	»	»	0gr,270
Carbonate de chaux.......	0gr,114	0gr,132	»
Oxyde de fer.............	8gr,003	»	»
Silicate de soude.........	»	0gr,017	»
Total.............	43gr,735	32gr,657	31gr,740

On s'explique encore mal la formation des lacs salés ; les plus importants sont en Amérique et en Russie. Les eaux du grand lac salé de l'Utah ont un goût de saumure très accusé ; elles sont si denses qu'on peut s'y baigner impunément sans savoir nager : elles vous portent à la surface; les bords, arides et désolés, sont tellement couverts d'incrustations salines qu'on les dirait givrés. Les habitants recueillent le sel sur le rivage et ils conservent leurs viandes en les plongeant un ou deux jours dans le lac. En Russie, le Volga, dans son cours inférieur, traverse des steppes stériles qui sont formés d'un terrain argileux encroûté de sel. Des bassins d'eau salée sillonnent çà et là ces espaces; le plus étendu est le lac Elton que les habitants de ces contrées appellent le *Lac Doré*, sans doute à cause des reflets du pâle soleil qui se joue dans ses eaux naturellement jaunâtres.

Les sources salées sont nombreuses en Europe, surtout en Allemagne et en Russie, où l'exploitation s'y fait sur une grande échelle.

Sel gemme. — Le sel gemme se rencontre dans les terrains de nature très diverse, soit en bancs d'aspect stratifié, et il est alors intimement mélangé à l'argile des couches environnantes, soit en blocs d'un volume quelquefois énorme enclavés dans les terrains. Les gisements salifères occupent des étages différents suivant l'époque géologique de leur formation. Dans les couches actuelles, on range le sel des steppes des Kirghises, de l'Arabie, de l'Amérique du Sud et les alluvions salifères de quelques parties de l'Inde et de l'Afrique.

L'étage tertiaire dans ses couches miocènes, est particulièrement riche en gisements salins; les mines de Wieliczka, de Bochnià en Pologne, qui s'étendent tout le long de la chaîne des Karpathes en Galicie, en Hongrie, en Transylvanie, appartiennent à cette époque ainsi que la montagne de Cordona en Espagne, les mines de Rimini en Italie.

Dans l'étage secondaire, les terrains de trias contiennent des dépôts salifères au milieu de marnes irisées; c'est à cette époque de formation qu'appartiennent la plupart des mines de France, d'Angleterre et d'Allemagne (dépôts de Strassfürt), et les gisements importants des Alpes, du Salzbourg et du Tyrol. Les terrains crétacés, jurassiques, situés dans le même étage, contiennent aussi du sel gemme.

Enfin, dans l'étage de transition, aux premiers âges géologiques, on a rencontré des couches salines dans les terrains carbonifère, dévonien et silurien (ces dernières aux États-Unis).

Les gisements de sel gemme formés dans des circonstances analogues présentent toujours un ensemble de caractères constants, quel que soit l'étage auquel ils appartiennent; on les trouve presque toujours accompagnés des mêmes substances minérales : le gypse, l'anhydrite, la dolomie qui est un carbonate double de chaux et de magnésie, et divers sels qui le colorent souvent soit en rouge (oxyde de fer), soit en vert (oxyde de cuivre).

Le chlorure de sodium n'est presque jamais pur; les mines de Wieliczka offrent cependant de superbes échantillons, d'une pureté remarquable, c'est le *szybicksalz*. Les gisements salins se trouvent ordinairement dans les couches profondes; cependant il en existe par exception à fleur de terre comme au mont de Cordona, en Espagne, qui offre l'aspect d'une montagne d'une hauteur de 100 mètres au-dessus des terrains environnants. On l'exploite à ciel ouvert, et rien n'est aussi pittoresque, par les nuits claires, que le reflet de la lune sur les mille facettes des blocs cristallisés. M. André, lors d'un important voyage en Amérique, a décrit une mine analogue située à Rio-Upin en Colombie, et qu'un éboulement avait mise à jour en 1870.

Les mines de Strassfürt, en Prusse, aujourd'hui si importantes, présentent une constitution particulière; le sel y existe à une profondeur de 300 mètres et il n'a pas encore été possible de rencontrer le fond de la couche saline qui, selon certains géologues, atteindrait une hauteur de 500 à 600 mètres sur une longueur de 300 mètres. C'est au milieu de ce siècle qu'une production insuffisante de sel en Allemagne détermina quelques industriels à pratiquer des sondages dans les environs des sources salées. On allait abandonner les recherches, lorsqu'en 1847 la sonde rencontra le minerai à 300 mètres au-dessous du niveau. En 1851 on avait creusé jusqu'à 288 mètres au sein du gisement sans s'arrêter; les mines, très intelligemment exploitées, sont une source de grands rapports pour l'Allemagne, d'autant plus que les recherches ont mis à jour des sels minéraux très riches en potasse.

L'Autriche est, en Europe, le pays le plus favorisé sous le rapport des dépôts salins; outre ses marais salants, outre les mines si riches étagées sur le versant des Alpes du Salzbourg qui rayonnent en tous sens et dont elle est propriétaire, elle possède les mines si fameuses de Wieliczka et de Bochnia. Ces deux petites villes, contenant 6 à 8,000 âmes, sont situées au pied des montagnes qui séparent la Pologne de la Hongrie; fort riches toutes deux, la première l'emporte par son ancienneté et la magnificence de ses galeries souterraines.

Les gisements de Wieliczka furent, paraît-il, découverts par un pâtre nommé Wieliczk vers le XIIe siècle; leur exploitation régulière ne fut guère entreprise qu'au XIIIe siècle. Ces mines, qui appartinrent à la Pologne jusqu'au démembrement de ce malheureux pays en 1772, faisaient partie du domaine de la couronne; les revenus qu'elles procuraient étant exclusivement réservés au douaire des reines. Au XIVe siècle elles avaient reçu de Casimir le Grand une véritable législation dont les articles furent fidèlement observés. Déjà, au XVe siècle, lorsque la Pologne, envahie par les armées russes et suédoises, réclama le secours de l'Autriche, les mines de Wieliczka servaient de garantie pour le tribut fixé comme prix de l'intervention; elles furent rendues cent ans plus tard à Sobieski, en récompense des services que ce roi avait rendus lors du siège de Vienne par les Turcs; deux siècles après, l'Autriche, sachant les revenus qu'on pouvait en retirer, les demanda en partage.

L'exploitation, qui n'a jamais été interrompue, se fait à l'aide de 12 puits, conduisant à des galeries superposées par étage, et s'étendant sur une longueur de 3,000 mètres environ.

Le luxe des travaux accumulés depuis des siècles, l'aspect féerique des galeries ont donné naissance à des récits exagérés de la part des voyageurs à l'imagination ardente; d'aucuns ont prétendu à l'existence d'un village souterrain dont les habitants naissent et meurent sans avoir vu la lumière solaire. Malgré la part qu'il faut, dans ces récits, faire à la fantaisie, les mines de Wieliczka n'en restent pas moins une merveille qu'il est extrêmement intéressant de visiter. Parmi les curiosités, il faut citer le lac salé qui atteint, croit-on, une profondeur de 170 mètres, le grand escalier de 500 marches, à 64 mètres du sol, et, sculpté dans la matière saline, la statue en sel du roi Auguste III; mais le *clou* est certainement la chapelle taillée dans la couche salifère, avec ses colonnes cristallisées; l'autel, du travail le plus remarquable, est surmonté d'un christ de sel gemme. L'aspect général de cette chapelle est grisâtre, mais la lumière des torches étincelle sur les stalactites suspendus à la voûte, aux piliers; elle s'irradie de mille feux et il n'est pas souvent donné d'admirer spectacle plus grandiose. L'intérieur de la mine conserve les vestiges des grandes fêtes qui s'y sont données jadis; une des plus belles eut lieu en 1621 à l'occasion du mariage de la reine Sophie avec Wladislas Jagellon. Des milliers de torches avaient illuminé les galeries tandis qu'un orchestre dissimulé sous des gerbes de fleurs mêlait son harmonie à cette féerie. La dernière fête fut offerte en 1813 à l'occasion de la retraite du prince Poniatowski.

On compte à Wieliczka 1,000 à 1,200 mineurs et 400 chevaux ; le travail, très coûteux, met la tonne à 12 francs, quelquefois à 16 francs.

Le sel en France et en Algérie. — La France tient certainement, après l'Autriche, le premier rang dans l'industrie salicole, non par l'importance de ses gisements qui sont, en somme, peu nombreux, mais par les marais salants échelonnés sur ses côtes. L'analyse des eaux de mer et les conditions climatériques ont démontré que l'exploitation de marais salants établis tout le long des côtes ne serait pas très rémunératrice ; aussi a-t-on choisi, pour ces établissements, la partie nord de l'océan Atlantique et la Méditerranée, ces derniers étant de beaucoup les plus riches.

Dépots salins. — On trouve des *dépôts salins* dans l'Est de la France et, au sud, dans le département des Basses-Pyrénées. Les premiers sont les plus importants, leur existence a donné des noms caractéristiques aux villes avoisinantes, telles Lons-le-Saulnier, Salins, Château-Salins. Le sel y est rarement exploité en bancs comme à Varengeville. On peut assigner une puissance de 80 mètres à ces dépôts.

Nous avons dans l'Est :

1° Les salines du Jura dont les principaux centres d'exploitation sont à Montmorot, près de Lons-le-Saulnier, à Salins et à Giezon ;

2° Les salines du Doubs exploitées à Arc, à Châtillon, à Miserey ;

3° Les salines de la Haute-Saône, exploitées à Fallon, à Gouhenans ;

4° Les salines de la Meurthe-et-Moselle, exploitées à La Neuville, Art-sur-Meurthe, etc.

Avant l'annexion de la Lorraine à l'Allemagne nous avions encore Saltzbronn, Saualbe, les importantes salines de Dreuze, du Haras.

Les gisements salifères des Basses-Pyrénées se présentent en bancs ; d'une production minime, ils constituent cependant une industrie pour des gens très pauvres. Le sel y est très fin et extrêmement recherché par les habitants de ces contrées pour les salaisons ; c'est même à ses propriétés exceptionnelles que les Béarnais attribuent l'excellence de leurs jambons salés. Les principaux centres d'exploitation sont Villefranque, Briscous, Salies, cette dernière possédant une source saline thermale marquant 20° à l'aréomètre de Baumé. Salies-de-Béarn est maintenant une station thermale très recherchée.

Marais salants. — L'étendue des marais salants (salins) de la Méditerranée compte 8,000 hectares environ, dont 3,000 situés dans le Gard et 2,500 dans les Bouches-du-Rhône ; les salins occupent tout le littoral des départements côtiers, à partir des Pyrénées-Orientales jusqu'au Var. La production annuelle de chaque département a été ainsi évaluée :

Var, 40,000 tonnes de sel.
Bouches-du-Rhône, 118,000.
Gard, 55,000.
Hérault, 45,000.
Aude, 14,000.
Pyrénées-Orientales, 2,000.

Les principaux salins sont :

Dans le Var : le salin des Pesquiers, les vieux salins d'Hyères, les Ambiers près de Toulon ;

Dans les Bouches-du-Rhône : le salin de Pontheau, de Martigues, de Beue, de Fos, de La Vignole ;

Dans le Gard : les salins de Peccais et ceux des environs d'Aygues-Mortes ;

Dans l'Hérault : les salins de Pérol, de Gramenet, de Baynas, de Villeroye ;

Dans l'Aude : Estarac, Sainte-Lucie, les salins de Sigean ;

Dans les Pyrénées-Orientales : le salin de Cades et celui de Durand.

Nous verrons dans un autre fascicule de cette collection qu'il existe quelques différences entre les procédés d'exploitation usités dans le Midi et ceux que l'on emploie dans l'Ouest, différences qu'il faut attribuer au climat et surtout aux traditions locales auxquelles, on le sait, les peuples de

Bretagne et de Vendée sont fidèles ; dès qu'on veut tenter une amélioration dans cette importante industrie on se heurte à des préjugés, à un refus obstiné de la part des paludiers. C'est ainsi qu'un usage, très désastreux pour la production saline, le système du compte à demi, persiste encore de nos jours. Dans la plupart des marais salants, le paludier est *métayer* du propriétaire. A lui seul incombe toute la responsabilité de la récolte qu'il partage de moitié avec le propriétaire. S'il arrive qu'un marais soit morcelé par héritage, le paludier s'occupe tout d'abord de sa part, et il résulte souvent de cet usage des incuries soit de la part du métayer, soit de la part des héritiers, qui ne s'entendent pas toujours sur le compte des améliorations à faire ; enfin, la direction d'une exploitation confiée à un seul homme est surtout onéreuse, le paludier étant, la plupart du temps, un primitif chez qui une habileté acquise par une pratique transmise de père en fils remplace une compétence plus sérieuse.

Les coutumes, les mœurs ont gardé tout leur empire dans ces contrées, et rien n'est plus pittoresque que ces jolis villages en pleine activité. Guérande, avec ses murailles crénelées tout enguirlandées de lierre, domine les exploitations salicoles qui l'environnent, Pouliguen, Bourg-de-Batz. Qui n'a vu des photographies locales représentant des mariés du Bourg-de-Batz? La mariée parée de ces atours où la grâce a été sacrifiée à la richesse, coiffée du béguin étroit garni de fines dentelles, le marié avec les larges braies, les guêtres traditionnelles et les gilets échelonnés selon le rang qu'il occupe, et le grand chapeau de feutre noir relevé en corne. Plus tard ce chapeau cornu lui sert de signe distinctif : un homme marié porte la corne relevée derrière la tête ; il la porte en avant s'il est veuf. Mais la production salicole de l'Ouest a beaucoup à lutter contre les autres produits et les temps deviennent de plus en plus durs ; aussi, si le riche costume des ancêtres n'est pas tout à fait abandonné, du moins le garde-t-on pour les grandes occasions et les grandes fêtes. Jusqu'en 1865 environ les paludiers jouissaient d'un grand privilège. Ils avaient le droit de trafiquer le sel de *troque* contre divers produits : du blé, du seigle, etc. Cet usage remontait de très loin, et les habitants de ces régions étaient fort habiles à ces échanges ; ils partaient en longues files, avec des mules chargées de sel, et revenaient avec les céréales si rares dans leurs landes arides. Encore une particularité bien curieuse ; les habitants du Bourg-de-Batz prétendent descendre de race saxonne ou scandinave ; ils se marient tous entre eux, et les 3,000 personnes qui forment la population appartiennent à 7 ou 8 familles ; une seule branche comptait jusqu'à 500 membres ! Ils sont tous grands, sains, vigoureux, travailleurs et honnêtes. « Une boule lancée dans les rues du village s'arrêtera toujours devant la porte d'un honnête homme, » dit un proverbe local, aussi vieux que le cartulaire de Redon paru au XIIe siècle et parlant de la donation d'une saline, *in insula quæ vocatur Batz*.

On divise les exploitations de l'Océan en deux parties : celles qui sont situées au nord de la Loire et celles qui sont situées au midi.

On trouve au sud de la Loire :

Dans la Gironde : les marais de Certes, d'Audenge, de Soulac (à l'embouchure de la Gironde) ;

Dans la Charente-Inférieure : les marais des îles de Ré et d'Oléron, de la Rochelle ;

Dans la Vendée : les marais des Sables-d'Olonne, de Gachère-Saint-Gilles, de Beauvoir ; ceux de l'île de Noirmoutiers.

Les principaux marais salants du nord de la Loire sont :

Dans la Loire-Inférieure : de l'embouchure de la Loire à celle de la Vilaine ; on y trouve les exploitations de Saint-Nazaire, Pouliguen, le Croisic, Batz, Guérande, Mesquer, Saint-Molf et Assérac ;

Dans le *Morbihan*, les marais salants sont situés au sud de Vannes, à Auray, à Carnac, à Saint-Colombier, à Séné, à Ambon.

Algérie, Afrique. — Il est un fait avéré que certains habitants des régions les plus reculées de l'Afrique ne mangent pas de sel, et que chez d'autres il constitue un objet de luxe. De là à conclure que l'Afrique est dépourvue de gisements salifères il y a loin ; il faut surtout accuser l'immensité du Sahara, l'absence de routes praticables, les difficultés de transport. On trouve dans le Soudan des vestiges de mines exploitées depuis fort longtemps, ce sont les gisements de Tegazza dont un voyageur espagnol, Léon l'Africain, donne une description détaillée en 1596. Ces dépôts ont été abandonnés pour les mines de Toudeny qui, exploitées de nos jours, envoient leurs produits à Tombouctou. A *Yola* on brûle des plantes salines, le *Siwak* et le *Capparis sodate*, pour en extraire le sel. Les peuplades de *Kotoko*, sur la rive méridionale du Tchad, tirent le sel de la bouse de vache, d'autres l'extraient des cendres de fétus de millet ou de sorgho. Aussi le commerce du sel est-il extrêmement important dans l'Afrique centrale ; outre les procédés bizarres d'échanges, il a atteint 300,000 à 400,000 francs, somme énorme si l'on considère la pauvreté, la demi-sauvagerie et l'inertie industrielle de ces populations.

On appelle *airi* la caravane qui porte le sel aux diverses parties de l'Afrique centrale ; d'après les récits de plusieurs voyageurs, rien ne saurait nous donner une idée, à nous autres Européens, de la poésie sauvage dont cet *airi* est entourée. Très nombreuse, elle entraîne avec elle femmes, enfants, troupeaux. Tout ce monde campe, s'arrête, bivouaque, chante et danse. L'airi c'est souvent la joie, la gaîté apportées à ces pauvres tribus, tandis qu'elle sert de poste et de trait d'union entre les hommes civilisés et les hommes pour ainsi dire isolés du reste du monde.

M. Ville, ingénieur des mines, a ainsi classé les gisements salifères de l'Afrique septentrionale.

Département d'Oran : la saline naturelle du lac d'Azeu, la rivière Oued-Melah (*Melah* est le nom donné aux sources salées en Algérie), la Sebkha ou « Lac du champ du Figuier ».

Département d'Alger : les salines naturelles du Zahrez Rharbi et du Zahrez Chergui, le Khaneg-el-Melah ou Rayel-Melah ou Rocher de sel. Ce dernier dépôt forme une montagne, qui s'élève à 40 mètres environ au-dessus de la plaine, tandis que la base a 400 mètres de périmètre. La masse salée est d'un gris bleuté, et contient environ 98 0/0 de chlorure de sodium.

Département de Constantine : cette province semble moins riche que les précédentes, les gisements qu'elle possède sont d'ailleurs analogues. Il ne faut pas oublier les lacs salés ou chotts, encore appelés Sebkha, que les Algériens exploitent depuis longtemps.

IV. USAGES DU SEL

Économie animale. — Le sel est un aliment nécessaire, aussi bien aux animaux qu'à l'homme. Les éleveurs le savent et ils ont remarqué que les bestiaux auxquels ils donnent du chlorure de sodium ont une plus belle apparence de santé, un poil plus luisant, des besoins de saillir plus fréquents. Les grands éleveurs d'Amérique peuvent laisser leurs troupeaux errer en toute liberté, car, à jour fixe, leur instinct les ramène pour la distribution du sel. Nous ne savons plus quel savant, peut-être Berzélius, voulant expérimenter sur lui-même, s'est soumis à un régime absolument dépourvu de ce minéral ; il observa au bout de dix jours des désordres graves dans son état. Ce même chimiste s'astreignit ensuite pendant deux mois à manger 10 grammes de sel de plus qu'à son ordinaire ; ayant soumis un peu de son sang à l'analyse microscopique, avant et après l'expérience, il remarqua que les globules rouges avaient augmenté dans la proportion de 26 à 29 ; d'autre part, les ordres religieux les plus sévères au point de vue des privations auxquelles ils se soumettent pour être agréables à leur dieu, ont vainement essayé de se priver de ce condiment ; il leur a fallu céder devant les graves conséquences qu'avait ce régime pour leur santé.

Le rôle du sel dans l'organisme est extrêmement complexe et fait encore l'objet de sérieuses études de la part des autorités médicales. En général il facilite la digestion et dissout les substances albuminoïdes, cette dernière propriété étant liée à une production d'urée qui le classe parmi les diurétiques. Il développe surtout l'énergie vitale, en activant les combustions ; mais l'accroissement du nombre des hématies, qui semble dériver de cette activité, est surtout dû à une action conservatrice du sel et non pas à l'action génératrice que possèdent certains corps minéraux, le fer par exemple. On a en effet remarqué que les globules rouges se détruisaient moins vite dans l'eau salée que dans l'eau pure.

Appliqué sur la peau, il provoquerait à la longue une légère irritation, tandis que sur l'épiderme dénudé il occasionne des douleurs très cuisantes suivies d'amas de sérosité; il excite les muqueuses et provoque ainsi l'appétit. On conseille aux nourrices de prendre des aliments salés parce que, incitant à boire davantage, il augmente les sécrétions et en particulier la sécrétion lactée. On ne doit cependant pas faire abus du sel, car il s'ensuivrait une âcreté de sang, cause d'accidents quelquefois graves, comme le scorbut, par exemple, généralement attribué à un usage trop prolongé de viandes salées.

Le sel se décompose dans l'organisme en soude et en acide chlorhydrique; on retrouve ses traces dans tous les tissus organiques, sauf dans l'émail dentaire. Le sang s'empare de la soude, l'estomac et ses annexes prennent l'acide chlorhydrique; aussi, de toutes les substances minérales qui entrent dans notre corps, le sel entre pour la plus grande part, car 1,000 grammes de sang en contiennent $4^{gr},5$. On voit par là quel rôle important joue le sel dans l'économie animale.

Milne-Edwards a remarqué que la quantité de chlorure de sodium contenue dans l'individu est à peu près constante, chaque addition de sel en chassant une quantité à peu près égale qui est éliminée par le rein. Le même auteur a étudié la consommation journalière indispensable à chaque individu, il donne les chiffres suivants :

Journellement :				*Annuellement :*			
17 gr.	environ	homme	adulte.	$6^{kg},500$	environ	homme	adulte.
12 —	—	femme	—	$4^{kg},500$	—	femme	—
7 —	—	enfants.		$2^{kg},500$	—	enfants.	

Le savant naturaliste conclut à une moyenne annuelle de $4^{kg},500$ pour tous les pays, abstraction faite du mode d'emploi. En Italie, en Espagne, en France, il est d'usage de saler les aliments pendant la cuisson, tandis que chez les habitants des contrées du Nord, les Anglais, par exemple, les mets peu ou point salés sont assaisonnés par le convive lui-même.

En médecine, le sel n'a pas encore toute l'importance que certains physiologistes voudraient lui voir prendre ; on ne l'emploie guère que dans des cas bénins; cependant, dernièrement, un médecin anglais, le Dr Capp, lui a entr'ouvert les portes de la thérapeutique en l'élevant à la hauteur d'un médicament de valeur. D'après ce praticien, 10 à 20 centigrammes de sel de cuisine pulvérisé et insufflé dans une narine calment les odontalgies, les névralgies faciales, les migraines. L'*Edinburgh medical Journal* relate qu'un monsieur, M. G. Leslie, a utilisé le premier cette méthode et s'en est trouvé fort bien.

La thérapeutique est redevable au chlorure de sodium de services plus importants : le sérum artificiel, qui a fait parfois des merveilles dans les mains des chirurgiens qui s'en sont servis pour faire le *lavage* du sang, n'est en effet qu'une solution de sel marin dans l'eau bouillie. Nous en reparlerons plus longuement dans le fascicule de cette Encyclopédie qui traitera du *Sang*.

Conserves alimentaires. — D'après Homère, Hésiode, Hérodote, dès les premiers âges de la civilisation, les peuples ont senti le besoin de se prémunir contre l'aléa du destin en conservant les viandes, les poissons à l'aide de sel. Lorsqu'on saupoudre des viandes de sel, celui-ci les rend dures, coriaces, en s'emparant de l'eau contenue dans les fibres animales; il forme ainsi un liquide alcalin d'une saveur particulière, c'est la *saumure*. Liebig a prétendu qu'on retrouverait les principes nutritifs de la viande en évaporant ce liquide; les Romains étaient sans doute du même avis, car chez eux la *salsugo* ou *salsilago* était fort recherchée pour la confection de ces sauces savamment compliquées, dont Rome était si friande.

Nous n'entrerons pas dans les détails des procédés usités pour la salaison des viandes; depuis quelques années, l'Amérique, qui a le monopole de cette industrie, y a appliqué un merveilleux outillage. A Cincinnati, les bêtes sont tuées, dépecées, salées à l'électricité. Il y a loin de ces procédés aux salaisons qu'on fait dans les ménages, et nos grand'mères seraient bien étonnées si on leur apprenait qu'on peut saler les viandes à l'aide de machines pneumatiques qui, gonflant les tissus, les rendent plus perméables au sel dont l'action se trouve ainsi facilitée. La belle couleur rouge qu'on recherche dans le bœuf conservé s'obtient par l'addition d'un peu de salpêtre dans la saumure.

La pratique de saler les harengs paraît remonter au XIe siècle; un pêcheur hollandais, Guillaume Buckelz, vers la fin du XVe siècle, perfectionna les vieux procédés et introduisit l'usage de vider les poissons. On sale encore les maquereaux, les sardines, les anchois, le saumon, le thon, la morue.

Les œufs salés de l'esturgeon du Volga constituent le *caviar* dont Astrakan a le monopole. Les Chinois conservent les œufs de leurs volailles en les plongeant dans une eau saturée de sel et les y laissant jusqu'à ce qu'ils tombent au fond du vase ; ces œufs doivent être mangés *durs*, ils sont salés à point.

On conserve aussi les haricots verts, les choux, etc. La choucroute est constituée par des choux conservés dans la saumure.

AGRICULTURE. — Le rôle du sel dans l'agriculture est encore trop contesté pour qu'il nous soit permis de nous décider en faveur d'une des opinions ayant cours dans les milieux agricoles. Quelques agronomes l'ont vanté comme un engrais excellent, tandis que d'autres l'ont, au contraire, déclaré nuisible au développement des plantes. L'aspect stérile du Sahara, des bords des sources salées, semblerait donner raison aux derniers, malgré Pline disant qu'en Orient on sème du sel sous les palmiers et les oliviers, pour les faire pousser. Quoi qu'il en soit, l'emploi de cette substance en agriculture offre beaucoup de points obscurs qu'il est du plus haut intérêt d'éclaircir.

Pour l'élevage du bétail, son efficacité est incontestable. Tonique, diurétique, il donne aux animaux, qui en sont d'ailleurs tous friands, une bonne apparence. Il facilite la digestion des fourrages humides, et, comme il double et triple la proportion d'azote dans les urines, il augmente ainsi la valeur des engrais.

INDUSTRIE CHIMIQUE. — Dans l'industrie chimique, traité par l'acide sulfurique, il sert à préparer la soude et l'acide chlorhydrique. On l'emploie aussi dans la poterie pour le vernissage des grès.

V. — LES GABELLES. TAXE DU SEL.

On a fort justement fait observer que l'histoire du sel, continuée jusqu'au siècle dernier, est une sorte de long martyrologe; elle est entachée de révoltes sanglantes contre un impôt injustement, odieusement réparti, la *Gabelle*.

Les limites étroites de cet opuscule ne nous permettant pas de traiter cette intéressante question avec autant de détails que nous l'aurions désiré, nous nous bornerons à quelques notes succinctes.

Le mot gabelle, d'origine saxonne, désignait d'abord toutes les taxes en général; il fut plus tard exclusivement appliqué à l'impôt du sel.

En remontant très haut dans l'histoire, à 600 ans environ avant notre ère, on voit qu'Ancus Martius, le premier, établit sur le sel un impôt qui subsista jusqu'à la fin de la royauté. En France, l'existence de cet impôt est mentionné pour la première fois en 1246, dans une ordonnance de saint Louis, bien qu'on s'accorde généralement à attribuer l'organisation de la gabelle à Philippe IV le Bel, vers 1284. Philippe de Valois, voulant innover, imagina de nommer six commissaires spéciaux, chefs chacun d'une juridiction spéciale. Les révoltes qui accueillirent cette réforme firent donner au roi le surnom facétieux de roi *salique*.

La taxe du sel était si impopulaire et donnait lieu à de si violentes récriminations, que les rois se gardaient de l'établir définitivement et s'attachaient au contraire à calmer les populations en faisant toujours ressortir dans leurs ordonnances le caractère provisoire de cet impôt ; mais Charles V dédaigna les subterfuges de ses aïeux et fixa la gabelle à perpétuité par les ordonnances royales de 1366, de 1372 et de 1379. C'est de cette époque que date véritablement la gabelle, elle est dès lors constituée telle qu'elle le sera en principe dans les siècles à venir, entourée de toutes ses vexations et de tous ses ridicules. Une quantité de sel, qualifiée de *raisonnable*, est fixée arbitrairement, selon les provinces, pour chaque personne. Un nombreux personnel est attaché à l'administration de l'impôt : ce sont les *gabeliers*, que le peuple appellera *gabelous*, par ironie, envahissant les demeures, exagérant leur contrôle, soumettant le peuple aux pires vexations. De temps en temps, les taxés se regimbent, et les règnes de François Ier et de Henri II sont restés fameux par les révoltes suivies de si cruelles représailles.

On doit à Louis XIII une augmentation de la taxe en même temps qu'une ordonnance édictée en 1639, et détaillant minutieusement les divers procédés de contrebande avec les peines en regard. L'administration des gabelles occupa tout particulièrement Colbert qui promulga l'ordonnance de 1680. Cet édit fixait la taxe à 1 muid pour 14 pesonnes (un muid valait environ 52 litres), traitait de l'approvisionnement des greniers, des prix de vente, des offices divers et du code pénal. Ces améliorations successives étaient loin de satisfaire le peuple ; la contrebande, trop férocement punie, se faisait sur une grande échelle; les vexations étaient toujours aussi grandes et les mécontents de plus en plus nombreux.

En 1688, le comte de Boulainvilliers, l'un des précurseurs des économistes du XVIIIe siècle, adressait un mémoire au roi dans lequel il osait proposer l'abolition d'un impôt qui avait toujours été la source de si grands profits pour les monarques. « Je demande, disait-il, que le sel, cette manne dont on ne saurait se passer dans la vie, soit rendu vénal comme le blé et remis dans la liberté du commerce. »

En 1768, sous le bail Julien Alaterre, la gabelle avait donné 36,500,000 livres à la ferme ; en 1788, sous le bail de Moger, que la Révolution vint interrompre, elle avait fourni 58,560,000 livres, et Dieu sait au prix de quelles exactions de la part de ces gabelous tant haïs par le peuple ! Les notables avaient écrit en 1787 : « La gabelle est jugée, son régime est décidé de nature si défectueuse qu'il n'est pas susceptible de réforme. » La Révolution la supprima.

En 1789 la France était divisée en 6 circonscriptions pour la perception de l'impôt sur le sel :

1° *Les pays de grandes gabelles*. Le prix du sel y est fixé par le roi, et les habitants sont tenus à une consommation obligatoire. Les pays de grandes gabelles étaient : l'Ile-de-

France, la Picardie, la Champagne, la Bourgogne, l'Orléanais, le Perche, le Maine, l'Anjou, la Touraine, le Berry, le Bourbonnais;

2° *Les pays de petites gabelles* avec le Mâconnais, le Lyonnais, le Forez, le Beaujolais, le Bugey, la Bresse, le Dauphiné. La consommation y est libre;

3° *Les pays de salines*, avec la Franche-Comté et la Lorraine;

4° *Les pays de Quart-Bouillon*, qui payaient un impôt infime à cause de la qualité inférieure de leurs sels; cet impôt était perçu dans une partie de la Normandie;

5° *Les pays rédimés*, dans une partie du sud-ouest de la France; ces contrées avaient acheté leur franchise moyennant une somme fixée par le roi;

6° *Les pays francs*, qui n'étaient soumis à aucun impôt par lettre patente. La Bretagne était ainsi privilégiée depuis la réunion définitive de cette province à la France, sous François Ier.

La loi distinguait 4 catégories de faux sauniers auxquels elle appliquait des peines différentes :

1° *Le faux saunier à col* ou *porte-col* pouvant passer de 50 à 60 livres de sel; il était puni de 200 livres d'amende pour la 1re fois et de six ans de galères en cas de récidive;

2° *Le faux saunier avec cheval*, pouvant passer 300 livres de sel s'il n'était pas monté, 200 livres environ dans le cas contraire; il était puni de 300 livres d'amende pour la 1re fois; de 9 ans de galères et de la flétrissure avec les 3 lettres G A L. en cas de récidive. Ces peines étaient aussi appliquées à la 3e catégorie des individus appelés *faux sauniers en attroupement sans armes;*

3° *Les faux sauniers en attroupement et en armes* étaient exposés à 9 ans de galères; en cas de récidive, la mort.

La rigueur de ces peines, qui étaient toujours appliquées avec une sévérité outrée, faisait des prosélytes; on était faux saunier par nécessité d'abord, puis par bravade, tels ces soldats du Bourbonnais et de la Picardie, pillant les greniers royaux et revendant le sel en place publique. La misère de ces pauvres villageois était telle qu'ils ne reculaient pas devant un bénéfice souvent fort beau. Les faux sauniers étaient d'ailleurs entourés d'une sorte de craintive admiration et ils trouvaient facilement des complices parmi les paysans.

Les subterfuges étaient aussi curieux qu'osés, ainsi que l'atteste l'ordonnance de Louis XIII :

« Art. 22. — Et comme il est certain et notoire qu'il se commet un très grand faux-saunage par les voituriers et conducteurs de sels destinés pour le fournissement de nos greniers, qui se font par les rivières de Seine, Somme, Loire et autres, vendant le sel qui est mis et déposé dans leurs bateaux, et pour couvrir leurs fraudes et larcins, feignent de faux naufrages et autres inconvénients, et vont quelquefois à tels excès de perfidie qu'ils font couler aucuns de leurs bateaux (après avoir vendu la plupart du sel) pour empêcher la preuve dudit larcin.

« Art. 23 — Et d'autant qu'il est reconnu qu'un abus s'est introduit par les marchands qui trafiquent de morue en barils et qu'au lieu que ci-devant il y avait trente-deux barils, ils n'en mettent à présent que 15 ou 18 au plus, remplissant le surplus de sel; si bien que le grand cent de morues, qui est de six-vingt-douze ne se vend pas plus qu'un de ces barils, bien qu'il y en ait six à huit fois autant.

. . . .

« Et ayant reconnu que les marchands qui trafiquent de beurres salés et les amènent des pays étrangers, ou de nos pays de Bretagne, Cotentin, mettent, les uns plus de la moitié, les autres plus des trois quarts de sel au fond des pots...

« ..... S'étant aussi introduit depuis quelque temps un très grand abus, qui est que quelques personnes vont querir de l'eau de mer et la vendent au peuple, les abusant du prétexte qu'elle peut servir à saler leur potage, ce qui apporte une diminution de nos droits de gabelle et cause des maladies contagieuses, flux de sang dont quantité en sont morts et meurent journellement. »

Ces quelques citations suffisent à montrer l'habileté des contrebandiers; ils connaissaient encore beaucoup d'autres tours. L'un confectionnait des galettes de sarrasin dans lesquelles il pouvait passer 2, 3 livres de sel; des chiens étaient dressés au faux-saunage, ils passaient le sel dans des sortes de colliers creux. On a trouvé des chiens portant jusqu'à 20 livres de sel.

Mais voici, certes, un des plus curieux moyens de contrebande : les jours de pardons, les femmes et les jeunes filles passaient sous leurs jupes le sel enfermé dans des grands sacs. Le roi, averti, permit les fouilles. Le peuple, d'ailleurs, n'était pas seul à se livrer à la contrebande; il n'était couvent, ni grand château qui ne se hasardassent à tirer de gros profits du faux-saunage; mais Louis XIII, prévenu, soumit ces contrebandiers du grand monde à de gros châtiments.

L'adresse de Moreau de Beaumont, au tiers état, donne d'ailleurs une juste idée des chinoiseries criminelles dont se servaient les employés de la gabelle : « Les abus et inconvénients sont tellement considérables que ma plume, pour les décrire, bondit et pétille. La campagne surtout offre à nos yeux un tableau de misère. Elle a le même tarif que les villes; chaque individu est taxé à 14 livres. Cependant le ménage, les salaisons particulières, tels que porcs, fromages, beurre; les moissons à faire qui nécessitent de rassembler plus de monde, tout occasionne plus de consommation, et met dans le cas de faire la contrebande... Chaque communauté villageoise a aussi son dépositaire de sel, qu'on appelle saunier, et qui reçoit du grenier, à diverses époques, le sel de ses concitoyens sur un rôle contenant le nombre effectif des consommateurs de la communauté.

« Ce qui est naturel, c'est que M. le Saunier veut singer M. le Receveur du Grenier; bon gré, mal gré, il veut avoir un bon de masse avec sa petite masse. D'autre part, les gardes vérificateurs viennent faire leur visite, en cas d'abus ils rendent responsable la communauté tout entière. Mais ces sortes de procès s'arrangent ordinairement par des orgies de cabaret, et, en donnant de l'argent à ces vampires, on assoupit le procès, et très souvent M. le Receveur du Grenier n'en a pas connaissance. La nécessité d'avoir du sel est tellement grande chez les habitants des campagnes, qu'ils préfèrent être vexés et mutilés par les gardes, que de faire des rôles exacts.....

« Certains industriels, tanneurs, corroyeurs, selliers, ont absolument besoin de sel pour leur travail. Mais pour faire la chose avec sûreté, en conscience, avec tranquillité d'âme, et avec grande certitude que ce sel arraché ne servira précisément que pour les cuirs par eux employés, on a trouvé un moyen aisé et doux, c'est de l'empoisonner. En sorte que, si une main maladroite va prendre le sel à cuir pour le sel ordinaire, il ne s'en suivra qu'une bagatelle. C'est que le père, la mère, les enfants, les convives et les domestiques seront empoisonnés !... C'est une misère. »

La Révolution supprima la gabelle purement et simplement, mais, en 1806, le gouvernement impérial la rétablit en lui ôtant toutefois tout ce qui pouvait rappeler les exactions du passé. La taxe fut fixée à 0 fr. 20 par kilogramme.

Après des changements successifs qu'il serait peu intéressant de détailler et qui regardent plutôt un traité des impôt, la taxe fut définitivement fixée à 10 francs les 100 kilogrammes, soit 0 fr. 10 le kilogramme, par l'ordonnance du 26 décembre 1876 qui nous régit encore. En outre, les concessionnaires de marais salants sont soumis à certains règlements qu'il serait peut-être utile de connaître, mais qui seraient hors de cadre ici.

CONCLUSION

La lecture du chapitre qui précède est particulièrement édifiante : elle nous montre à quelles horreurs, à quels crimes en arrivaient nos rois et leur entourage pour satisfaire à leurs besoins d'argent. Nous devrions donc nous estimer heureux, en cette fin du XIXe siècle, de pouvoir consommer le sel en toute liberté, moyennant le versement préalable de cet impôt, minime en apparence, de dix centimes par kilogramme. Mais si nous refléchissons qu'il s'agit d'une matière dont cet opuscule a montré la nécessité absolue, non seulement pour le bien-être de l'homme, mais encore pour sa santé, nous ne pouvons nous montrer satisfaits; nous déclarons que, parmi les nombreux impôts iniques que nous subissons, la taxe du sel nous paraît particulièrement odieuse et nous exprimons le vœu, — puisqu'il ne nous est pas permis de faire davantage, — que cette taxe qui produit, à la vérité, cinq millions par an au Trésor, soit enfin abolie. S'il la faut remplacer par autre chose de plus logique, on n'aura que l'embarras du choix.

Le Gérant : J.-B. BRIAUD.

Sceaux. — Imprimerie E. Charaire.

Sceaux. — Imp. E. Charaire

www.ingramcontent.com/pod-product-compliance
Ingram Content Group UK Ltd.
Pitfield, Milton Keynes, MK11 3LW, UK
UKHW020502230726
13925UKWH00005B/2073

9 782019 23381